春をよぶてんぐ

Ayumu Hisaishi
久石 歩

文芸社

もくじ

うっとりするたまてばこ

はたけと林《はやし》にかこまれた小《ちい》さな家《いえ》に、子犬《こいぬ》とおばあさんがくらしていました。

あるとき、子犬《こいぬ》は、おばあさんに「うらしまたろう」の本を読《よ》んでもらいました。

おばあさんが読《よ》みおわったあと、子犬《こいぬ》は、さいごに出《で》てくる「たまてばこ」というものを見《み》たくてたまらなくなりました。気《き》になってしかたありません。おみやげにもち帰《かえ》るほどだから、ほんとうは、けむりだけじゃなくてもっといいものが入《はい》っているんじゃないかなと思《おも》いました。そして「はこ」だから、たぶん、四角《しかく》いかたちをしているのでしょう。

（それは、どこにあるのかなあ。海《うみ》のそこかなあ、おとひめさまに会《あ》わない

ともらえないのかなあ。)

そんなことを考《かんが》えながら歩《ある》いていますと、

「あっ!」

山のふもとの大きなくりの木の下に、四角《しかく》いはこがあるではありませんか。

「なんだろう、あれは。もしかしてたまてばこかな。」

くりの木の家《いえ》の、はたけのよこにおかれています。このまえさんぽしたときにはありませんでした。

じっと見《み》ていると、まったくそれ

は、たまてばこにちがいないと思《おも》えてきました。もっと近《ちか》づいてまわりをぐるぐるまわって見《み》ると、それは木でできていて、はこがかさねてあります。

「おばあちゃん！」

子犬《こいぬ》は走《はし》って帰《かえ》りました。ドアにあたまをぶつけそうになりながら、とびこんで言《い》いました。

「おばあちゃん、あったよ、あったよ。」

「なにがあったんだい？」

おばあさんは、こしかけていたかいてんイスをゆっくりまわしました。体《からだ》をこちらにむけてにっこりしました。

「たまてばこだよ。タ、マ、テ、バ、コ。」

「えーっ？」

おばあさんは、今《いま》まで出《だ》したことがないような声《こえ》で、てんじょうにとどきそうなくらいに、

「えーっ」と言《い》いました。

そして、

「それは、どこにあったのかい？」

と聞《き》きました。

「それは、どんなかたちだったのかい？

そのはこの、ふたをあけたら、白いけむりがのぼったのかい？」

おばあさんは、つぎつぎと聞《き》きました。

子犬《こいぬ》はさいしょの二つのしつもんにはこたえたけど、三つめのしつもんにこたえられませんでした。はこをあけてはいないからです。

「白いけむりは、見《み》てないよ。」

「じゃあ、たしかめておいで。」

子犬《こいぬ》は、もういちど外《そと》に出《で》て行《い》きました。はこのまわりをとおくからまわりました。でも、まわっているだけでした。なぜなら、とてもしんぱいだったからです。あけて白いけむりが上《あ》がったら、子犬《こいぬ》は、あっというまに、おじいちゃん犬《いぬ》になってしまうからです。それは、いくらなんでもいやです。

しばらくすると、くりの木の家《いえ》のおじさんがやってきました。子犬《こいぬ》は、とおくからそのようすを見《み》ていました。

おかしなことに、おじさんはぼうしをかぶり、顔《かお》をあみでおおっています。なんと、おじさんははこに近《ちか》づき手《て》をかけようとしています。おじさんがはこの下のほうをすこしうごかすと、中《なか》から黒《くろ》いものがブーンと上《あ》がりました。

「おばあちゃん!」

子犬《こいぬ》は、こんどはドアにあたまをぶつけて、家《いえ》にとびこみました。

「犬《いぬ》らしくないねえ。」

「黒《くろ》いけむりだったよ。白くない。黒《くろ》いものだったよ。」

おばあさんは、はて、とくびをひねったあと、つぎにはにっこりして、子《こ》犬《いぬ》に言《い》いました。

「それはね、きっと、うっとりするたまてばこだよ。」

「うっとりするたまてばこ？」

「そう。白いけむりは出《で》ないよ。でも、その中《なか》には、きっと、うっとりするものが入《はい》っているよ。」

「うっとりって、どんなとり？」

「とりではないよ。こころがにっこりするんだよ。」

「こころがにっこりだと、なぜうっとりなの？」

「見《み》ていると、ゆらゆらかがやく金色《きんいろ》の海《うみ》のようなものだからだよ。」

「へえ、そこでおよげるの？」

「いいや、およいでいるのは見《み》たことない。」

「おばあちゃん、うっとりしてみて。」

おばあさんは、しずかに目《め》をとじて、にっこりしました。

子犬《こいぬ》は、よくわからないので、おばあさんの顔《かお》をしっかり見《み》ていました。

「目《め》をとじるとようすがうかぶんだよ。

あたりいちめん、こいピンクやうすいピンクのレンゲの花《はな》がさいているわ。春風《はるかぜ》がふいてね、レンゲの花《はな》のかおりをいっぱいのせてくるの。いいかおりだこと。

ふわふわの花《はな》の中《なか》で、おばあちゃんはかわいい女《おんな》の子。レンゲの花《はな》をわにしてつないで、かんむりにしたわ。

ともだちがいっぱいいて、子犬《こいぬ》もいて、レンゲの花《はな》の中《なか》でいろんなあそびをしてころげまわったこともあるわ。

その近《ちか》くに『たまてばこ』はあったのよ。」

おばあさんは、ゆらゆらかがやくようなあまいおもいでの中《なか》で、うっとりしました。

「ああ、そのうっとりするたまてばこ、ぼくもほしいなあ。」


「そうかい。

そうだね。

じゃあ、作《つく》ろうか。」

「えっ、おばあちゃん、たまてばこ、作《つく》れるの？」

「いっしょに作《つく》れば、きっとできるよ。

一人《ひとり》と一ぴきは、

「よしっ。」

と、はりきって、たまてばこを作《つく》りはじめました。

くりの木のおじさんから作《つく》り方《かた》をおそわって、きんじょの大工《だいく》さんから木ぎれをいただいてきました。じょうぎをつかってしるしをつけます。いたを子犬《こいぬ》がおさえて、おばあさんがのこぎりでひいて、ギーコギーコ。いたをくみ立《た》てて、さあ、たまてばこのできあがり。そのはこには、ほんの少《すこ》しほそいすきまがつけてありました。

ふたりは、それをはたけのみかんの木の近《ちか》くにおきました。みかんの白い花々《はなばな》のかおりが夕《ゆう》がたの風《かぜ》にのってただよってきます。

子犬《こいぬ》とおばあさんは、毎日《まいにち》たまてばこをながめてくらしました。

ある日《ひ》のこと、子犬《こいぬ》は、はこのほそいすきまに、ミツバチがきているのに気《き》づきました。

「やあ、ミツバチさん。きみも、うっとりするたまてばこを見《み》にきたのかい。」

ミツバチは、羽《はね》をブーンとさせて、
「なんのこと？」
という顔《かお》をしました。
「子犬《こいぬ》くん、すてきな家《いえ》をつくってくれたのはきみなの？　ありがとう。わたしたちみんなですむことにしたわ。」

ミツバチのなかまはどんどんふえていきました。そして、ブーンととびたつようすは、黒《くろ》いけむりみたいに見《み》えました。

子犬《こいぬ》は、おじさんの家《いえ》のたまてば

この中《なか》になにが入《はい》っていたか、やっとわかりました。

ミツバチたちは、まわりの花々《はなばな》にとんでいき、せっせと花《はな》のミツをたくわえはじめました。

花々《はなばな》のきせつがすぎ、夏《なつ》がすぎ、お日《ひ》さまがひといき入《い》れはじめたころ、おばあさんと子犬《こいぬ》は、ミツバチさんからすこしハチミツをおすそわけしてもらいました。

ハチミツをコップにうつしました。

「ああ、もし金色《きんいろ》にかがやく海《うみ》があるとしたら、きっとこんな色《いろ》なんだね。」

一人《ひとり》と一ぴきは、ながめてしばらくうっとりしました。

「ミツバチさん、ありがとう。」

ハチミツを水にまぜてとかすと、それはゆっくりとうずをまいて広《ひろ》がりました。まるで、うれしい気持《きも》ちが、水の中《なか》で動《うご》いているようです。

おばあさんは、あたまの上《うえ》にレンゲの花《はな》のかんむりをのせたことや、友《とも》だちとあそんだりしたことを思《おも》い出《だ》したのでしょうか。ときどき、目《め》をキラッとさせてそれを見《み》ました。

一人《ひとり》と一ぴきは、その金色《きんいろ》の海《うみ》にペロッと口をつけました。

「おばあちゃん、こんどはレンゲの花《はな》もうえようか。」

おばあさんは、かがやくような子どもじだいと花々《はなばな》を、子犬《こいぬ》は、おとひめさまのたまてばこを心《こころ》にうかべ、一人《ひとり》と一ぴきは、ますますうっとりしました。

春をよぶてんぐ

ド、ドーン、ドド、ドーン。
空《そら》に白いけむりが上《あ》がり、大きな花火《はなび》の音《おと》が、山や家々《いえいえ》にひびきました。

きょうは、山の上《うえ》にある福天神《ふくてんじん》という神社《じんじゃ》のお祭《まつ》りの日《ひ》です。

しんやとしば犬《いぬ》のマルは、音《おと》のする方《ほう》に目《め》をむけました。

山桜《やまざくら》のつぼみがほころぶころです。かすみがかかり、冬《ふゆ》のつめたさがしずまり、日《ひ》ざしがやわらかです。お祭《まつ》りはにぎやかに行《おこな》われるでしょう。


けれど、しんやは少《すこ》しおもしろくありませんでした。ひさしぶりに家《いえ》に帰《かえ》って来《き》たお父《とう》さんが、また、てんきんで遠《とお》い町《まち》にひっこしてしまうのです。

このお祭《まつ》りの日《ひ》にも、つぎの仕事《しごと》のじゅんびをしています。

しんやのお父《とう》さんはとてもいそがしく、朝早《あさはや》くから夜《よる》おそくまではたらき、家《いえ》にいる時間《じかん》はわずかでした。

しんやたちが小学生になるころからは、遠《とお》くの町《まち》につとめることが多《おお》くなり、ひと月に一度《いちど》ほど、家《いえ》に帰《かえ》って来《く》るだけでした。

たまに帰《かえ》って来《く》るお父《とう》さんはやさしかったけど、しんやは、なにを話《はな》していいのか、まようことが多《おお》かったのです。


友《とも》だちのたくやは、お父《とう》さんとときどきキャッチボールをするそうです。

こうすけの家族《かぞく》は、お父《とう》さんの運転《うんてん》する車《くるま》で、ディズニーランドまで遊《あそ》びに行《い》きました。

「なあんだ、そんなことなの。」

しんやが言《い》えば、お母《かあ》さんはそうこたえます。

キャッチボールの相手《あいて》をしてくれるし、

「車《くるま》だって出《だ》すわよ。」

と言《い》ってくれます。元気《げんき》なお母《かあ》さんはそう言《い》うので、しんやはとくべつこまることはないはずでした。


でも、ある日《ひ》のことです。

学校で、「はたらいている家《いえ》の人への感《かん》しゃの手紙《てがみ》」を書《か》いていた時《とき》のことでした。

しんやは、お父《とう》さんのことを書《か》こうと決《き》めていました。でも何《なに》を書《か》いていいか、わからなくなってしまったのです。

「いつも、ぼくたちのためにはたらいてくれてありがとう。」

ここまでは言葉《ことば》が出《で》てきました。でもそれは、こんなこと書《か》けば、先生は「いいです。」と言《い》ってくれるかな、ていどの書《か》き出《だ》しだったのです。

まだまだ作文用紙《さくぶんようし》はあいています。だんだんどうしていいかわからなくなって、しんやはえんぴつで紙《かみ》にゴリゴリあなをあけ始《はじ》めました。

うしろのせきのこうすけは、このまえ遊《あそ》びに行《い》ったディズニーランドでのできごとが思《おも》いうかぶらしく、楽《たの》しそうにどんどん書《か》いています。

しんやはそっとうしろをむき、こうすけの作文用紙《さくぶんようし》に、ゴリゴリっとえんぴつであなをあけ始《はじ》めました。

「あっ、なにするんだよ。」

こうすけは声《こえ》をあげました。

「先生、しんやくんが、ぼくの紙《かみ》にあなをあけました。」

いっせいに、クラスのみんながしんやの方《ほう》を見《み》ました。

先生は、

「どうしたの？」

そう言《い》って、少《すこ》し時間《じかん》をおいて、

「何《なに》かこまったことがあったの？」

と、聞《き》きました。

しんやも、なぜそんなことをしたのか、じつはよくわかりませんでした。

みんながわっと自分《じぶん》の方《ほう》を見《み》たので、ますますこんらんして、

「ちょっと、つついただけです。」

と言《い》ってしまいました。

「ちょっとつついただけで、こんなあながあくか。」

こうすけはカンカンです。


じゅぎょうが終《お》わったあと、しばらく先生もイスにすわり、三人で話《はな》し合《あ》いました。しんやはしょぼくれていました。

(こんなときは、『ごめんね。』って言《い》うんだよな。)

ようやくそう思《おも》い出《だ》して、小《ちい》さい声《こえ》で、

「ごめんね。」

とこうすけにあやまりました。

そんなこともあって、しんやの心《こころ》はなにかもやもやとして、おもしろくありません。

さて、家《いえ》の中《なか》では、お母《かあ》さんがちらしずしのじゅんびを始《はじ》めました。お祭《まつ》りから帰《かえ》ったみんながいつでも取《と》り分《わ》けて食《た》べられるように、お母《かあ》さんはこうしてととのえておくのです。

しいたけやかんぴょう、にんじんをにています。あまいたまごやきのにおいもしてきました。えびやれんこんも用意《ようい》されています。

しんやは、あまいにおいにさそわれて、たまごやきに手《て》を出《だ》しました。

「いてっ。」

ぴしゃっと手《て》をたたかれました。

「つまみ食《ぐ》い、禁止《きんし》。」

ふりむくと、真《ま》っ白い顔《かお》をしたおねえちゃんのかりんが立《た》っています。

しんやはびっくりしました。おねえちゃんはお神楽《かぐら》というおどりを舞《ま》うので、おけしょうのとちゅうです。おしとやかに着物《きもの》を着《き》ていますが、中身《なかみ》は元気《げんき》はつらつすぎるいつものおねえちゃんです。

「なんだよう、ちぇっ。ぼく、もう福天神《ふくてんじん》のお祭《まつ》りに出かけようっと。」

友《とも》だちはみんな行《い》っているはずです。たくやや、けんかしたこうすけともなかなおりして、会《あ》うやくそくをしています。

くつをはき始《はじ》めると、犬《いぬ》のマルがワンとほえました。

「マル、行《い》こう。」

マルはしんやの顔《かお》をまっすぐに見《み》て、うれしそうにしっぽをふりながらほえています。

お父《とう》さんはというと、にもつのせいりをしていましたが、ちらっとしんやの方《ほう》を見《み》ました。

くつをはいて家《いえ》を出《で》ようとしたとき、
「しんや、お父《とう》さんもあとから行《い》くからな。」
と、うしろから声《こえ》がかかりました。でも、その言葉《ことば》がとどくまえに、しんやとマルは、もう走《はし》り出《だ》していました。

きょうは福天神《ふくてんじん》の山のふもとにたくさんの出店《でみせ》がならびます。やきとうもろこしやりんごあめやたこやきがまっています。友《とも》だちと店《みせ》を回《まわ》って買《か》って食《た》べよう。しんやはとても楽しみでした。

山のふもとには、もういろいろな出店《でみせ》がならんでいます。あたりには、あまいにおいや、しょうゆやソースのこうばしいにおいがただよっています。しんやは、たくやたちといろいろなお店《みせ》をのぞいていきました。いいにおいと店《みせ》のかんばんとおじさんたちのよび声《ごえ》で、どの店《みせ》に入ろうかとまようほどでした。

広場《ひろば》では、ぶたいを作《つく》り、マイクを出《だ》して歌声大会《うたごえたいかい》が開《ひら》かれています。あたりはとてもにぎやかです。

近所《きんじょ》のおじさんやおばさん、小学生や中学生、おじいさんやおばあさん、町《まち》からもどってきている若《わか》い人もつれだって歩《ある》いています。

犬《いぬ》のマルは、いいにおいと人の足《あし》だらけの中《なか》で、もう目《め》が回《まわ》るほどだったのでしょう。それとも、楽《たの》しそうな人を見《み》ると、どの人にもついて行《い》きたくなったのでしょうか。

「マル、こっちだよ。どこへ行《い》くん

だよ。」

マルにぐんぐんひっぱられて、しんやは人ごみの中《なか》にまぎれこんでしまいました。マルは、

（しんやくん、ぼく楽《たの》しいよ。目《め》が回《まわ》りそうだよ。）

と言《い》っているかのようです。そして、ずんずん進《すす》んでしまいました。

赤《あか》や青《あお》の波《なみ》もようのヨーヨーが回《まわ》り、ドラえもんやミッキーのおめんがしんやの方《ほう》をむいてわらっていました。


どのくらいの時間《じかん》がたったのでしょう。ほんのわずかな時間《じかん》のはずなのに、いつのまにか、あたりのけしきはかわっていました。

ふと気《き》がつくと、しんやとマルはにぎやかな人通《どお》りからはずれ、深《ふか》い森《もり》に入《はい》っていました。

ここは福天神神社《ふくてんじんじんじゃ》の参道《さんどう》のはずです。高《たか》い杉木立《すぎこだち》やヒノキが何本《なんぼん》もそびえ

ています。サカキやアオキのひくい木が森《もり》の下をささえています。

近《ちか》くに人がいるはずなのに、音《おと》が森《もり》にすいとられてしまったように、しんとしています。わずかに聞《き》こえていた神楽《かぐら》の音《おと》も消《き》えました。

どこへ来《き》てしまったのでしょう。しんやは立《た》ちどまり、ここがどこなのか、まわりを見《み》まわしました。

しばらくすると、どこからか、ちろちろと水が流《なが》れるような音《おと》が聞《き》こえてきました。

いいえ、水の音《おと》ではないようです。しんやは耳《みみ》をすませました。なんだか、それは子どものなき声《ごえ》のようです。

マルは耳《みみ》をぴんと立《た》て、体《からだ》をしんやにぴったりくっつけています。しんやもまわりに目《め》をくばり、少《すこ》しの音《おと》も聞《き》きのがすまいとしました。そして、声《こえ》のする方《ほう》へ、できるだけ音《おと》を立《た》てないように気《き》をつけて歩《ある》き出《だ》しました。

「ウ、ウーッ。」

マルがうなりました。大きなカクレミノの木のかげで、カサッと音《おと》がしました。

「あっ。」

マルがうなった先《さき》を見《み》ると、そこに小《ちい》さな子どもがすわりこんでいます。黒《くろ》いぼうし、白い着物《きもの》、高《たか》げた、そして赤《あか》っぽい顔《かお》と、高《たか》い鼻《はな》。絵本《えほん》で見《み》たてんぐそっくりです。

「き、きみは、だれ？」

しんやは、おもわず声《こえ》をあげました。

「ぼく、天太《てんた》だよ。きみ、だれ？」

小《ちい》さな男《おとこ》の子は、黒《くろ》い目《め》をくりくりさせて、そうこたえました。目《め》にはなみだのにじんだあとがあります。もしもてんぐの学校があるとしたら、その子はようちえんに入《はい》ったばかりというくらいです。よく見ると、鼻《はな》の先《さき》やうでにかすりきずがあります。

「天太《てんた》って言《い》うんだね、きみは。どこから来《き》たの？　そのふくそう、このあたりでは見《み》たことないよ。」

天太《てんた》は、しばらくじっとしんやとマルを見《み》ていましたが、

「うん、ぼくね、てんぐの子なんだ。でも、このことだれにも言《い》っちゃいけないって、お母《かあ》さんが言《い》ったんだ。」

とこたえました。

言《い》ってはいけないと言《い》われているのに、てんぐの子だと正体《しょうたい》をばらした天太《てんた》に、しんやはくすっとわらい

ました。

「名前《なまえ》、教《おし》えてくれてありがとう。ぼくの名前《なまえ》はしんや。きょうは福天神《ふくてんじん》のお祭《まつ》りだから山に来《き》たんだよ。でも、お父《とう》さんとわかれて山にまよいこんじゃったみたい。」

しんやは、本当《ほんとう》ではないことを言《い》いました。

「おとうたんて？　ぼくもおとうたんていうひとに会《あ》いに来《き》たんだ。」

「えっ。」

しんやはまたおどろいて、まじまじとてんぐの子を見《み》つめました。

「きみ、お父《とう》さんを知《し》らないの？」

「……」

「お父《とう》さん、どうしたの？　もしかして……。」

そこまで言《い》って、しんやは、きょう、神様《かみさま》の『おわたり』というぎょうれつが行《おこな》われることを思《おも》い出《だ》しました。

福天神《ふくてんじん》の神様《かみさま》が神社《じんじゃ》を出《で》て、べつの『おやしろ』という小《ちい》さな神社《じんじゃ》に出《で》かけるのです。そのとき、春《はる》が来《く》ると言《い》われています。その神様《かみさま》のぎょうれつの先頭《せんとう》に大きなてんぐがいるのです。

「ぼく、おとうたんに会《あ》ったことないんだ。小《ちい》さいころわかれたままなんだって。だから、一度《いちど》会《あ》ってみたくて。」

「でも、まいごになっちゃったんだね。」

天太《てんた》はたどたどしい言葉《ことば》でつづけます。

「お母《かあ》さんが教《おし》えてくれたんだ。どうしたら会《あ》えるかってね。春《はる》、かすみの空《そら》にドンと花火《はなび》が上《あ》がったら、その日《ひ》に会《あ》いに行《い》きなさい。目《め》じるしは、山のてっぺんの大きな山桜《やまざくら》の木よ。白い花々《はなばな》が山のあかりのように咲《さ》いたら、そこを目《め》ざしなさいって。でも、見《み》つからない。」

(目《め》じるしは、山のてっぺんの大きな山桜《やまざくら》の木)

そうだ、あの木だ。しんやは、神社《じんじゃ》の前《まえ》にそびえる山桜《やまざくら》の大木《たいぼく》を思《おも》いうか

べました。えだをはり、花々《はなばな》を星空《ほしぞら》のように咲《さ》かせます。
「この山桜《やまざくら》の木は、むかしから今《いま》までの、すべての人々《ひとびと》のくらしやあらそいを見てきたんだ。」
(たしか、おじいちゃんがそう言《い》っていた。)
遠《とお》くはなれていても、青《あお》みがかった山に、ほんのり白く見《み》える桜《さくら》。でも、とても大きくて、近《ちか》くにいると天《てん》をあおがなければ気《き》づかない桜《さくら》。

「ぼく、その山桜《やまざくら》の木を知《し》っているよ。教《おし》えてあげようか。ぼくたちが先《さき》に行《い》くからついておいでよ。」

そこまで言《い》って、まてよ、と思《おも》いました。

しんやたちは、今《いま》、参道《さんどう》からはずれて深《ふか》い森《もり》に入《はい》ってしまったようです。

それもただの森《もり》のようではありません。

（出《で》られるだろうか。）

しんやはスッとせすじがつめたくなりました。

だれの声《こえ》もとどかない世界《せかい》。とんでもないところに入《はい》ってしまったことが、だんだんわかってきました。

大きく目《め》を見開《みひら》き、ゆっくりこきゅうをして、出《で》る道《みち》があるかさがしました。しかし見《み》つかりません。

このままでは、天太《てんた》も自分《じぶん》もマルも出《で》られなくなります。

「人の心《こころ》を話《はな》すものと、森《もり》の言葉《ことば》がわかるケモノを友《とも》としなさい。」

ふと、天太《てんた》がそうつぶやきました。

「えっ。」

「お母《かあ》さんは、こう教《おし》えてくれたよ。」

「人の心《こころ》を話《はな》すものと、森《もり》の言葉《ことば》がわかるケモノ？」

なんのことでしょう。しんやは考《かんが》えこんでしまいました。

「人の心《こころ》を話《はな》すもの？」

人の心《こころ》って？　人の気《き》持《も》ち？　ほかの人の気《き》持《も》ち？

ぼく、人の心《こころ》なんて話《はな》せるだろうか……。自《じ》分《ぶん》の気《き》持《も》ちだってうまく話《はな》せない。ほかの人の心《こころ》だって、わかるようでわからない。

「人の心《こころ》を考《かんが》えて話《はな》すなんて、できないよ。だめなんだよ。むりだよ。」

頭《あたま》をかかえてしずみこんだとき、犬《いぬ》のマルと目《め》が合《あ》いました。

「ウォン！」

元気出《げんきだ》せよと言《い》うように、マルはペロペロとしんやの顔《かお》をなめてきました。

「まかせてくれ。」

マルはそう言《い》っているようです。

（そうだ、ぼくにはまだわからないことばかりだよ。でも、今《いま》は動《うご》く時《とき》なんだ。行《い》く時《とき》なんだ。今来《いまき》た道《みち》をさがそう。ひたすらもどれば、神社《じんじゃ》につづく石《いし》だんが見《み》つかり、山桜《やまざくら》のやしろまで行《い》けるかもしれない。）

しんやは、立《た》ち上《あ》がりました。

でも、もんだいはまだありました。うっかりすると、天太《てんた》はほかの人に見《み》つかってしまうかもしれません。見《み》つかったら大さわぎになり、天太《てんた》はお父《とう》さんてんぐと会《あ》えなくなってしまうかもしれません。

しんやの心《こころ》の中《なか》を見《み》たかのように、

「ぼく、カクレミノの木にたすけてもらうよ。ほら、練習《れんしゅう》したんだ。」

そう言《い》って、天太《てんた》は小《ちい》さな羽《はね》をはばたかせて、ぴょんぴょんとカクレミノの木から木へとびうつってみせました。

カクレミノの木は、耳《みみ》のたれた犬《いぬ》のような葉《は》を持《も》ち、その葉《は》のしげみにかくれると、まわりからは見《み》えにくくなります。

「うわあ、じょうずだなあ。」

心《こころ》が決《き》まりました。

「よし、行《い》こう。」

しんやは、木立《こだち》のあいだをなんども歩《ある》いて自分《じぶん》が入《はい》りこんだ道《みち》をさがしあてました。落《お》ち葉《ば》をふみしめ、春《はる》のめばえをまちかまえる森《もり》の木々《きぎ》を見《み》て、空《そら》の青《あお》をたよりに進《すす》みます。マルは先頭《せんとう》です。鼻先《はなさき》を前《まえ》に出《だ》し耳《みみ》を立《た》て、森《もり》の言葉《ことば》がわかるかのように進《すす》みます。

もうじき、神社《じんじゃ》の前《まえ》にある山桜《やまざくら》の木の下から、ぎょうれつが出発《しゅっぱつ》する時《じ》こくです。カサッカサカサと、天太《てんた》がついて来《き》ています。ときどき、ずるっと木からすべり落《お》ちそうな音《おと》も聞《き》こえました。

ふしぎなことに、しんやたちが通《とお》った道《みち》のうしろのけしきは、やがてゆがみ、波《なみ》のようにくだけて、がけを落《お》ちるかのように消《き》えてなくなっていったのです。

やがて、長《なが》い石《いし》だんが見《み》えてきました。石《いし》だんの上《うえ》の神社《じんじゃ》の前《まえ》には、着《き》かざった人々《ひとびと》がおおぜいいて、にぎやかです。白いいしょうをきた人々《ひとびと》が、おみこしをかつごうとしています。さつえいに来《き》たカメラマンが写真《しゃしん》をとるいちを決《き》めています。

しんやは、はあはあ息《いき》せききって石《いし》だんをのぼり、空《そら》を見上《みあ》げました。大きな山桜《やまざくら》が、うす青《あお》い空《そら》いっぱいにえだを広《ひろ》げています。でも、ことしの冬《ふゆ》は寒《さむ》かったので、桜《さくら》のつぼみはほんの少《すこ》ししかほころんでいません。たぶん、天太《てんた》にはこの花《はな》が見《み》つけにくかったのでしょう。

ぎょうれつが『おわたり』を始《はじ》めるあいずが出《で》ました。

ドシンとつえをつき、高《たか》いげたをはき、いよいよてんぐの登場《とうじょう》です。このてんぐは、サルタヒコとよばれ、はなやかないしょうを着《き》ています。てんぐの顔《かお》をしたサルタヒコは、大むかしから、神様《かみさま》の道《みち》あんないをしてきたと言《い》われています。

「おう。」

人々《ひとびと》がどよめきました。

しんやは、天太《てんた》がつかまっているカクレミノの木にむかって、

「来《き》たぞ。」

と、そっとサインをおくりました。天太《てんた》は大きなひとみでうなずきました。

「オトウタン。」

天太《てんた》はかすかな声《こえ》でそうよびかけました。でも、人の声《こえ》と風《かぜ》の波《なみ》の中《なか》で、とどかなかったようです。しんやとマルは、息《いき》をのんでそのようすを見《み》ま

もっていました。

そして、もう一度《いちど》、

「オトウタン。」

こんどは、もっとしっかりした声《こえ》でよびかけました。

その時《とき》です。前《まえ》をぐっと見《み》ていたてんぐは、ふと、声《こえ》の聞《き》こえた方《ほう》をふりむき、じっと天太《てんた》を見《み》つめました。そしてしばらく見《み》つめていたかと思《おも》うと、やさしいまなざしで大きくうなずいたのです。

天太《てんた》の顔《かお》が大きくほころびました。まるで花《はな》がさいたかのようです。足《あし》をえだの上《うえ》でばたばたさせ、木をつかまえていた両手《りょうて》をはなして、いっぱい広《ひろ》げました。

体《からだ》をかたむけたかと思《おも》うと、両手《りょうて》を広《ひろ》げたまま、羽《はね》をはばたかせて親《おや》てんぐのもとへ飛《と》んでいく天太《てんた》。そのすがたが、しんやにはたしかに見《み》えたのです。親《おや》てんぐは天太《てんた》をしっかりとだきかかえました。そして、どうどうと、ぎょうれつを進《すす》めたのです。

「お父《とう》さん。」

しんやは、立《た》ちならぶ人々《ひとびと》の中《なか》にお父《とう》さんのすがたを見《み》つけました。おねえちゃんのつきそいに来《き》たお母《かあ》さんやおばあちゃんもいます。

「ぼく、人の心《こころ》を話《はな》せるかな。」

しんやは、ふと、天太《てんた》の言葉《ことば》を思《おも》い出《だ》しました。

「学校でのこと、話《はな》してみようかな。お父《とう》さん、聞《き》いてくれるかな。」

しんやは、マルの首《くび》をさすりました。マルはクウクウとのどをならしました。マルのあたたかさが手《て》に伝《つた》わってきました。

「なに、ぼうっとしているんだよ。」

ふりむくと、友《とも》だちのたくやとこうすけが、おこのみやきのにおいをプンプンさせて立《た》っていました。

「とちゅうでいなくなっちゃったから、帰《かえ》ったのかと思《おも》ったよ。おれたち、もう、買《か》って食《た》べちゃったよ。」

二人《ふたり》ともおなかいっぱい、という顔《かお》です。

たくやとこうすけは、友《とも》だちのだれと会《あ》ったとか、どのお店《みせ》の食《た》べ物《もの》がおいしいとか、しきりに話《はなし》をしながら、山を下り始《はじ》めました。

帰《かえ》り道《みち》、二人《ふたり》にさよならを言《い》うと、しんやはお父《とう》さんに声《こえ》をかけました。

「お父《とう》さん、ぼく、話《はな》したいことがあるんだ。」

お父《とう》さんはにっこりしてこたえました。

「なんだろうな、しんやの話《はなし》って、楽《たの》しみだな。じつは、お父《とう》さんもしんやに話《はな》したいことがあるんだよ。」

しんやは、目《め》を丸《まる》くしてお父《とう》さんの顔《かお》を見《み》ました。

「ぼくね、学校の作文《さくぶん》の時間《じかん》に、あなあけちゃったんだ。」

お父《とう》さんは、いっしゅん、何《なん》のことかわからないという顔《かお》をしました。

しんやは、いつ、どんなことがあって、自分《じぶん》はどうしたのか、その時《とき》の気《き》持《も》ちはどうだったのかを話《はな》しました。お父《とう》さんは、うんうんと、ずっと聞《き》いてくれました。

とちゅう、二人《ふたり》と一ぴきは、山のふもとの川ばたにすわりこんで話《はな》し続《つづ》けました。

「そうか、そうだったのか。こまっていたんだね。しんやのことがわかって、お父《とう》さん、うれしいよ。」

しんやは、少《すこ》しほっとしました。

お父《とう》さんは、しんやの顔《かお》を見《み》て、ふっとかたを落《お》としたあと、

「しんや、こんどは、お父《とう》さんが話《はな》していいかい。」

と言《い》いました。

お父《とう》さんは、会社《かいしゃ》へ行《い》ってどんな仕事《しごと》をしているか、その仕事《しごと》はどんなことに役立《やくだ》っているか、話《はな》してくれました。また、仕事仲間《しごとなかま》にはどんな人がいるか、そして、休《きゅう》けい時間《じかん》や仕事《しごと》が終《お》わるころには、しんややかりん、お母《かあ》さん、おばあちゃんたちの顔《かお》を思《おも》いうかべて、いろいろ考《かんが》えることなども話《はな》してくれました。

「でもなあ。」

お父《とう》さんは、何《なに》か考《かんが》えているようすでした。

川原《かわら》に立《た》ちました。

四月まぢかとはいえ、川をわたる風《かぜ》は気《き》まぐれで、ときどき二人《ふたり》のほおにつめたく当《あ》たります。でも、まちがいなく川は川ぞこの暗《くら》い青《あお》みをくだいて、新《あたら》しい季節《きせつ》の流《なが》れを作《つく》り始《はじ》めていました。

「しんや、水切《き》りしてみないか？」

「えっ？　どうやるの？　それ。」

「こんな平《ひら》べったい石《いし》をさがしてごらん。」

手のひらにのるくらいの、大きくもない小《ちい》さくもない平《ひら》べったい石《いし》を、お父《とう》さんはいつのまにか持《も》っていました。

「見《み》てろ。」

お父さんはかた足《あし》を前《まえ》に出《だ》し、

「こうだ。」

と言《い》いながら反対方向《はんたいほうこう》に大きく体《からだ》をたおし、手のひらの平《ひら》べったい石《いし》を平《たい》らに持《も》ったかと思《おも》うと、目《め》の前《まえ》に流《なが》れる川にむかって、シュッとするどく投《な》げました。

とつぜん発《はっ》しゃされたロケットみたいに、石《いし》は水面《すいめん》を三度《さんど》、シュッ、シュッ、シュッとかすめてとび、小《ちい》さな水しぶきを上《あ》げて川ぞこにとびこみました。

「えーっ、すごい。ぼくもやってみよう。」

しんやもまけずに投《な》げました。

石はビューンと川にむかってとび、ドボンと落《お》ちました。マルが、投《な》げられた石《いし》のあとを追《お》って思《おも》わず川にとびこみ、びっくりした顔《かお》をして出《で》てきました。

「あはははは。」

お父《とう》さんもしんやも、大わらいです。ずぶぬれのマルは、寒《さむ》そうに身《み》ぶるいし、体《からだ》の水をとばしていました。

しんやとお父《とう》さんは、しばらく水切《き》りにむちゅうになりました。

「この石《いし》がいい。」

「このせいから。」

「するどくシュッと平《たい》らに水面《すいめん》めがけて。」

しんやの石《いし》が水を切《き》り始《はじ》めると、二人《ふたり》は、

「おおっ。」

とよろこび合《あ》いました。

お父《とう》さんの顔《かお》も晴《は》れやかです。


たっぷり遊《あそ》んだ二人《ふたり》と一ぴきは、お母《かあ》さんのちらしずしが待《ま》っていることを思《おも》い出《だ》しました。川と福天神《ふくてんじん》にさよならを言《い》い、家にむかいました。

二人は、つぎにお父《とう》さんが帰《かえ》って来《き》た時《とき》に遊《あそ》ぶやくそくをしました。

(天太《てんた》、今《いま》ごろどうしているかな。)

しんやは、心《こころ》の中《なか》でそう思いました。きょうのこのふしぎなできごとも、いつかお父《とう》さんに話《はな》したいと思《おも》ったのです。

おじいちゃんのあたま

「おじいちゃんのあたま、虫《むし》が食《く》ってる。」

小《ちい》さなまごむすめのさきちゃんは、おじいちゃんのあたまをなでながらそう言《い》った。おじいちゃんは、さきちゃんをひざにかかえて、

「ははは。」

と、わらった。

そう、おじいちゃんのあたまは、「虫《むし》が食《く》ってる」んだ。てかてかっとみがかれたようなあたまに、白いかみの毛《け》が数本《すうほん》「おれもまだ生《い》きてんだぞー」って顔《かお》して生《は》えている。

じつは、おじいちゃんのかみの毛《け》は、若《わか》いころ林《はやし》のようにふさふさ生《は》えていた。大きな目《め》の上《うえ》に広《ひろ》いひたいが広《ひろ》がって、その上《うえ》に黒々《くろぐろ》としたかみの毛《け》がわんさとつっ立《た》っていた。

そして、おじいちゃんが若《わか》かったころ、このあたまの上《うえ》に、水兵《すいへい》のぼうしがのっかっていたんだ。おじいちゃんが、まだ、高校生《こうこうせい》のおにいさんくらいのときの話《はなし》だ。

昭和《しょうわ》のある時代《じだい》、日本は大きな戦争《せんそう》をしていた。たくさんの国《くに》をあいてに戦《たたか》ったので、日本中《じゅう》みんなが、火の玉《たま》のようないきおいでむかえと、ラジオもえらい人たちも毎日《まいにち》のように言《い》っていた。おじいちゃんのあたまの中《なか》は、「戦争《せんそう》に勝《か》たなきゃ」という気持《きも》ちでいっぱいだった。

「おれもこの国《くに》の役《やく》に立《た》ちたい。」

だれもがそう思《おも》ったように、おじいちゃんもそう思《おも》い、兵士《へいし》になろうとした。

入《はい》ったのは、ふねにのって敵《てき》と戦《たたか》う海軍《かいぐん》だった。

家《いえ》を出《で》て、同《おな》じくらいの年《とし》の少年《しょうねん》たちとくらし、くんれんをうけた。

ふねの上《うえ》に広《ひろ》がる甲板《かんぱん》そうじをした。くたくたになるまで、ボートをこぐくんれんをうけた。失敗《しっぱい》すれば、せんぱい兵士《へいし》にいためつけられた。それでも、(これがお国《くに》のためになっている。)と、あたまも体《からだ》も思《おも》ったものさ。でも、本当《ほんとう》は、あたまの中《なか》には、それとすごくちがった思《おも》いもわき上《あ》がってきていた。

軍《ぐん》に入《はい》ってしばらくたったある日《ひ》、水泳《すいえい》くんれんは行《おこな》われた。兵士《へいし》の少年《しょうねん》たちは、いろいろなところから集《あつ》まってきていた。プールがほ

とんどなかったそのころ、川や海《うみ》が近《ちか》くになくて、それまで泳《およ》いだことのない少年《しょうねん》もいた。
くんれんでは、泳《およ》げるものも泳《およ》げないものも、ひっしで海《うみ》を泳《およ》ごうとした。
泳《およ》げないものは泣《な》きながらだき合《あ》い、海《うみ》にのまれていった。それをだれも助《たす》けようとしなかった。助《たす》けろと命令《めいれい》がくだらなかった。

あるとき、のっていた戦艦《せんかん》に敵《てき》のはげしいこうげきがあった。にげるまもないこうげきをうけ、となりにいた仲間《なかま》が血《ち》まみれになった。

「おい、しっかりしろ」

とだきあげたそのとき、はらわたがゾロッと出《で》てきた。

体《からだ》は思《おも》うように動《うご》けなくて、足《あし》はガタガタふるえていた。何《なん》にもできなかった。

おじいちゃんのあたまはこんらんし、あふれる血《ち》と涙《なみだ》に、死《し》にたくない思《おも》いでいっぱいだった。でも、死《し》にたくないなんて言《い》っちゃいけないはずだ。本当《ほんとう》の気持《きも》ちはどっちかって？　どっちも本当《ほんとう》の気持《きも》ちだろう。おじいちゃんたちはみんな、あたまの外《そと》がわは戦争《せんそう》に勝《か》つことだけを考《かんが》えるようにくんれんされていた。

でも、いよいよ変《へん》だと思《おも》ったのは、敵《てき》のこうげきがふえたころ。

上官《じょうかん》から、

「おまえたちは、生《う》まれてこなかったものと思《おも》え。」

って言《い》われた時《とき》だ。

おじいちゃんのあたまの中《なか》は、今《いま》までとちがった回転《かいてん》を始《はじ》める。

(無理《むり》だよ、それは……。)

(そう思《おも》うことなんて無理《むり》さ。だって、今《いま》まで生《い》きてきたんだもの。)


ふるさとの思《おも》い出《で》が、月の光《ひかり》の中《なか》でよみがえる。

すりきれたいつもの黒《くろ》い服《ふく》を着《き》て、ぼうしをかぶって、わいわい学校に行《い》ったことや、はばとびでうーんとがんばって記録《きろく》をのばしたこと。近所《きんじょ》の友《とも》だちといっぱい遊《あそ》んで、おなかがすき、梅《うめ》や柿《かき》の実《み》を青《あお》いうちからとって食《た》べちゃって、おなかをこわしたこと。

母《かあ》ちゃんにお米《こめ》のご飯《はん》がたくさん入《はい》った弁当《べんとう》を作《つく》ってもらったこと、用事《ようじ》をさぼって父《とう》ちゃんにしこたまおこられたこと……。

それは、生《う》まれてきたからできたこと。生《う》まれてこなかったらできなかった。

「死《し》んでたまるか。」

ふるさとの思《おも》い出《で》は、おじいちゃんの心《こころ》をあたたかくつつんだ。

でも、今《いま》は戦争《せんそう》に行《い》くしかない。

それが正《ただ》しいことなんだろうか。わからない。

おじいちゃんのあたまは、(変《へん》だ、変《へん》だ。)と思《おも》いながら苦《くる》しくて、考《かんが》えることをやめたくなりそうだった。

そして自分《じぶん》に言《い》い聞《き》かせた。

(自分《じぶん》の国《くに》のやることにまちがいはない。)

って。

多《おお》くの若者《わかもの》が死《し》をかくごして死《し》んでいった。

多《おお》くの父《とう》さんや母《かあ》さんがなげき悲《かな》しんだ。

日本は、戦争《せんそう》に負《ま》けた。

戦火《せんか》はやんだ。おじいちゃんはきせきてきに生《い》き残《のこ》り、ふるさとに帰《かえ》って来《き》た。

ひととき静《しず》けさがもどった。でも、心《こころ》は平和《へいわ》にならなかった。

（おめおめ生《い》き残《のこ》った。）

と、おじいちゃんは自分《じぶん》をせめた。お国《くに》のためと言《い》われ、死《し》んでいった仲間《なかま》の姿《すがた》が大きな海鳴《うみな》りとともにうかんでは消《き》えた。

そして、これまで正《ただ》しいと言《い》われていたことが、大きなまちがいであったということに、かわってしまった。

おじいちゃんは、何《なに》を信《しん》じていいかわからなかった。しばらくは、ぼうっとして毎日《まいにち》をすごした。

でも、もう敵《てき》のばくだんは落《お》ちてこない。おおぜいの人が血《ち》まみれになることはない。昼《ひる》も夜《よる》も死《し》をかくごして立《た》ちむかうことはしなくていい。青《あお》く広《ひろ》がった空《そら》を見上《みあ》げてそう思《おも》った。

「働《はたら》こう、働《はたら》いて生《い》きていこう。」

おじいちゃんは仕事《しごと》を見《み》つけて働《はたら》いた。働《はたら》いて働《はたら》いて、およめさんをもらって、ときにはしっぱいもして、また働《はたら》いた。日本中《じゅう》の人々《ひとびと》がそうであったように。

日本の人たちのくらしがよくなってきたころ、おじいちゃんは、心《こころ》のおくにしまいこんであった戦争《せんそう》の話《はなし》を、自分《じぶん》の子どもたちに話《はな》し始《はじ》めた。戦争《せんそう》のとき、何《なに》を見《み》たのか、何《なに》を聞《き》いたのか、どう思《おも》ったのか、自分《じぶん》は何《なに》をしたのか、そのままを話《はな》した。

はじめは、軍歌《ぐんか》を歌《うた》っていさましく話《はな》し出《だ》すのだけれど、なくなった仲間《なかま》のことを話《はな》し始《はじ》めると、だんだん苦《くる》しそうな顔《かお》になり、やがてしぼりだすような声《こえ》になってしまう。

「戦争《せんそう》をした日本とほかの国《くに》と、どっちが正《ただ》しいの？」

「どっちだと思《おも》う？」

「どっちも正《ただ》しくないよね。」

おじいちゃんは、子どもたちとこんな話《はなし》をした。

年月はながれ、日本はゆたかになった。

おじいちゃんのあたまの毛《け》は、みどりゆたかな林《はやし》から、夕《ゆう》ぐれの草原《そうげん》のようにかがやき始《はじ》めていた。

まごのさきたちは、小学生になって、おじいちゃんから話《はなし》を聞《き》いた。

食《た》べるものがなくて、とてもつらかったと。おなかがすいて、おなかがすいて、たまらなかったと聞《き》いた。

さきたちは、

「なぜ、食《た》べるものがなかったの？」

と、たずねた。

おじいちゃんは、そのわけを話《はな》してくれた。

おじいちゃんは、のんびりすごす日《ひ》が多《おお》くなってきた。

でも、まごたちが集《あつ》まると上《じょう》きげんになる。そのたびに、こう言《い》った。

「みんな、健康《けんこう》で長生《ながい》きしろ。」

「自分《じぶん》のあたまで考《かんが》えたか？　いいことだなあ。」

だから、さきも言《い》った。

「おじいちゃんのあたま、かみの毛《け》は、虫《むし》に食《く》われちゃったけど、あたまの中《なか》は、元気《げんき》だね。」

と。

イラストレーション・千歳　みちこ

著者プロフィール

久石 歩（ひさいし あゆむ）

1953年静岡県生まれ。

37年間小学校に勤める。

現在は、老親を看ながら、畑で自家用野菜を作り、地域のボランティア活動にも参加している。

宮沢賢治の「これらのわたくしのおはなしは、みんな林や野はらや鉄道線路やらで、虹や月あかりからもらつてきたのです。」という言葉に勇気づけられ、子どものころからの夢である創作童話を形あるものにしようと、日々楽しんでいる。

春をよぶてんぐ

2017年10月15日　初版第１刷発行

著　者　久石 歩
発行者　瓜谷 綱延
発行所　株式会社文芸社
〒160-0022　東京都新宿区新宿1－10－1
電話　03-5369-3060（代表）
03-5369-2299（販売）

印刷所　図書印刷株式会社

ISBN978-4-286-18629-0